KB010300

꽃의
쾌락

꽃의
쾌락

초판 1쇄 인쇄 2018년 5월 11일
초판 1쇄 발행 2018년 5월 23일

지 은 이 김세호
그 　 림 이상무
디 자 인 박애리
펴 낸 이 백승대
펴 낸 곳 매직하우스

출판등록 2007년 9월 27일 제313-2007-000193
주 　 소 서울시 마포구 월드컵북로38가길 14(중동)
전 　 화 02) 323-8921
팩 　 스 02) 323-8920
이 메 일 magicsina@naver.com
I S B N 978-89-93342-72-7

*책값은 표지 뒤쪽에 있습니다.
*파본은 본사와 구입하신 서점에서 교환해드립니다.

꽃의
쾌락

김세호 시집

∂ 서문

언어와 문학의 정점,
시가 말하지 않은 성은 은닉
시에 성(性)을 담다.

∂ 차례

ⅰ 꽃이 느끼는 사랑

ii 꽃이 맺은 사랑

i 꽃이 느끼는 사랑

순결

나비 지나간 꽃이 부정하지 않듯이
꿀벌 노닐고 간 꽃받침이 불손하지 않듯이

순결은 경험 많은 자의 미덕
처음과 같은 설렘으로
초심과 같은 떨림으로
닳도록 사랑하는 법을 깨우친 능력

꽃처럼 꽂히다

어떤 하루는
꽃에 든 나비처럼

하루에 한 번씩 무언가에 꽂혀
나의 열정을 셈할 수 있다면

일생 통틀어 무언가에 단단히 꽂혀
후회 없이 불태울 수 있다면

꽃 같은 숙명에
꽂혀버린 운명

꽃의 쾌락

꽃잎은 벌어져 어느 청초한 날,
나비는 날아 꽃물을 탐하고
꿀벌은 앉아 꽃가루 묻히고

꽃처럼 우아하게
꽃처럼 기품 있게
암술에 수술 닿아주려
암방에 꽃씨 뿌려주려

퍼뜩 교미하면 좋겠지만
꽃의 쾌락엔 미학이 넘친다.

꽃잎 가득

그녀는 한껏 탐스럽게
이루어질 수 없는 넓이인데
마치 골반 전체가 꽃인 것처럼

열린 창문 무색하게
그녀는 활짝 벌렸다.
깊은 방의 구조가 다 보인다.

깊숙이 파헤친다.
보물 캐듯
우거진 수풀 헤치며
흔들리는 강 건너듯

오, 찬란한 유폐의 물결
물에 빠져 허우적거리는 송아지처럼
아, 황홀한 황음의 물결
수면 위로 올라 자맥질하는 용왕처럼

더없이 부드러운 꽃

그 깊은 속에 빠져

탐나 탐하고

빨고 빨리고

세상의 모든 물을 빨아들일 것처럼

바다에 묻힌 보석 모두 발굴할 것처럼

꽃에 묻혀

지상의 더운 숨 모두 토해낼 것처럼……

꽃의 쾌락

빨간 속살

네가 속살 보여준다며 혀를 쏙 내밀 때
그것이 장난이요,
한낱 웃음거리에 지나지 않을지라도
나는 네게서 왜 그리 쏟아지는 햇살을 보았던 것인가!

넌 내게 속살을 내비치고
난 너의 혀에 놀라, 혹은 그 빨간 속살에 놀라

생각지도 못한 사이
달아올라 열린 꽃잎

단술하고 진술하게

성(性)의 기쁨 말하려는데
크림 빠진 케이크처럼
밍밍하지 않기

사랑의 아름다움 그리려는데
꿀 빠진 다식처럼
담담하지 않기

온몸으로 사랑의 환희
구속이나 속박 따위,
단지 그 자유로운 나락에……

온몸 부르르

온몸 떨며
너의 보물 받아들이고 싶어.
네가 마련한 꿈같은 장난에
온몸 부르르

꽃의 쾌락

피아노 / 마광수

나의 님은 맨살 위에
보디 메이크업 하는 걸 좋아했지
그래서 벌거벗은 몸뚱어리가 더 현란하게 보였지.
어느 날 그녀는 셋가슴 언저리에
피아노 건반을 그렸어.
흑과 백의 콘트라스트가
그 어떤 브래지어보다 멋있어.

나는 열심히 피아노를 쳤지.
긴 손가락으로
긴 혓바닥으로
건반을 누를 때마다
피아노는 음울한 신음소릴 냈어.

딩동댕 아아악
딩동댕 흐흐흑
왠지 나는 그 소리가 듣기 싫어
그녀의 입술을 내 입술로 덮어버렸지.
영원히 덮어버렸지.

첼로

-고(故) 마광수 '피아노' 답가

첼로는 마치
비너스의 뒷모습 같다.

활 들어
줄 켜면
그녀의 등이……

샵(♯) 문신한
그녀의 엉덩이가
살포시 떨린다.

설마 비너스의 앞은 아니겠지!
현 잡은 손이 그리도 현란한데
활 켜는 손이 그리도 농밀한데……

베이스, 콘트라베이스

베이스는 보헤미안 여인이다.
가장 이상적인 따뜻함과 부드러운 성품이
그녀의 타고난 체형에 녹아있다.

베이스는 살이다.
그 깊은 살에 파묻히면
쏟아지는 젖줄기
숨쉬기가 가능한 자애로운 늪
그만한 풍만함도 감당하기 힘든데
콘트라베이스란……

꽃은 꽃이요, 여자는 꽃이다

꽃가루 촘촘한 꽃 보며 지나칠 수 있는 꿀벌 있을까
꽃물 출렁이는 꽃 앞에 태연할 수 있는 나비 있을까!

꽃이 촛불이라면 여자는 태양,
꽃이 밤하늘 하나의 별이라면
여자는 은하수라는 욕조에 수많은 별들을 샴푸거품삼아
목욕하는 여신이다.
여인은 꽃의 탄생이다.

꽃이 느끼는 사랑 **33**

꽃의 쾌락

색, 그 끝없는 쾌락의 문을 열며

그녀의 탐스러운 엉덩이가
사색하는 가을처럼 가지런할 때
그녀의 풍만한 유방이
시내물결처럼 낭창일 때

향기 나는 나신에 못 이겨
맹렬한 불길처럼
나 없이도
그녀의 쾌락이 영원히 지속되길 염원하며

불꽃처럼 새하얗게……

사랑감촉

나 좀 안아주세요.
당신 사랑 보고파
나 좀 사랑해주세요.
당신 사랑 듣고 싶어

당신 사랑 느끼기 위해
내 몸이 존재해
당신 사랑 담기 위해
내 맘이 기다려

부드럽게 만져줘요.
손때가 묻도록……
감미롭게 속삭여줘요.
이 세상 살아가는 의미

애무

자기 가슴에
당신 은밀한 몸에
나의 침 냄새가 나도록
샅샅이 핥아 줄 거야.

낱낱이 속속들이
거친 내 사랑의 깊이만큼……

다리 위에서의 전망

그녀가 다리 벌릴 때면 다림질 냄새가 났다.
향기 같기도 달아오른 옷감

다리 건너려다 말고
하염없이 머물지
맑은 체액이 살랑거리는 소리
코끝에 스치는 원초적 향내
마냥 머물고 싶지만
옷감이 데일라!

뜨거운 기운으로 달려간 다리미는
그녀의 옷깃 말끔히 편다.

춘정(春情)

어머나, 봄 보지가 쇠수저 녹이고
세상에! 가을 좆이 쇠판을 뚫는데……

춘정은 피어나 님 그리는데
꽃이 된 님은 다가오지 않네.
녹일 듯한 보지
뚫을 듯한 자지는 어쩌라고!

진옥(眞玉)

잠 못 드는 밤 뒤척일 때, 조심스럽게 문 두드리는 소리가
들린다.

'뉘인고?'

문이 열리며 소리 없이 들어서는 여인

'소녀, 진옥이라 하옵니다.'

여인이 장옷을 벗으니 화용월태(花容月態), 꽃 같은 얼굴과
달 같은 자태의 여인이다. 목소리 내려는데 침부터 삼켜진다.

'야심한 밤에 어……어인 일인고?'

진옥 답하길

'소녀, 일찍부터 대감의 글을 흠모해 왔습니다.'

선비는 다급히 묻는다.

'내 글을 읽었다니 무얼 읽었는고?'

'가야금 타 올리겠어요.'

진옥, 금 퉁기며 시 읊으니 선비는 초장부터 마음이 녹는다.

꽃의 쾌락

살면서도 세상을 모르겠고
하늘 아래 살면서도 하늘 보기 어렵구나.
내 마음 아는 것은 오직 백발 너 뿐인데
나 따라 또 한 해 세월 넘는구나.

居世不知世 戴天難見天
知心唯白髮 隨我又經年 *

선비 화답하길,

옥이 옥이라기에 반옥(半玉)으로 여겼더니
이제야 보아하니 진옥(眞玉)이 분명하다.
내게 살송곳 있는데 뚫어볼까! 하노라.

가야금 뜯던 진옥, 가만히 답가하니……

철이 철이라기에 섭철(攝鐵)로만 여겼더니
이제야 보아하니 정철(正鐵)이 분명하다.
내게 살풀무 있는데 녹여 볼까! 하노라.*

선비, 송강 정철은 진옥을 크게 사랑하였다. 그 사랑이
얼마나 깊었는지, 풀무에 송곳이 제집처럼 박히어 한시
라도 떨어질 날이 없었다고 한다.

*정철, 「사미인곡」 중에서
*권화악부(權花樂府)의 송강첩(松江妾): 송강 정철과 진옥의 대담 중에서

속과 살

더없이 바라왔다
속과 살이 타는 밤

달빛 조명에 흔들리는 야생화처럼
속속히
겹겹이
알속처럼 파고드는 입술

파란 달빛과 뜨거운 정염에 휩싸여
새하얗고
파리하게
속과 살이 타는 밤

우렁각시

모든 남성의 로망이 독안에 숨어있다.

꽃의 쾌락

그 깊은 음지

너의 음핵이
기묘하여
혀끝으로 희롱하면

그 깊은 음지
무뚝한
나의 은장군 박아

천년을 기다린 것처럼
터질 듯 아스라한 신음

단심가(丹心歌)

이 몸이 죽고 죽어 일백 번 고쳐 죽어

백골이 진토되어 넋이라도 있고 없고

님 향한 일편단심이야 가실 줄 있으랴.

此身死了死了 一百番更死了 白骨爲塵土
魂魄有也無 向主一片丹心 寧有改理與之.

고구려 안장왕이 아직 태자로 있을 때에

적의 정세를 살피다가 한주라는 미녀를 만났다.

미모도 출중한데 학식과 인품도 훌륭했지.

태자는 눈 감아도 그녀 생각에 마음 성할 날이 없는 거
야.

끝끝내 숨기다가 그는 고백했지.

"나는 고구려의 태자요. 이곳을 정복하고

그대를 아내로 삼을 것이니 기다려 주시오."

흑마 탄 늠름한 태자에게 한주 또한 반하였더라.

그리하여 둘은 사랑을 맹세하여

밤을 낮 같이, 낮을 밤 삼아……

하여나 태자가 떠날 날짜는 다가오고

적의 감시망을 뚫기 힘들어

태자는 한주를 내버려두고 떠날 수밖에 없었지.

아름다운 꽃향기는 십리 밖에서도 진동한다고, 한주의

미모를 탐하여 지켜보던 이가 있었으니,

그가 '개백현의 태수'인 것이다.

떠난 이가 스파이 혐의도 있던 차에 잘 됐구나! 싶어 한

주를 불러다가 옥에 가두었지.

"네 이년, 수청 들라. 그러면 모든 의심 거두고 용서하리라!"

그때, 한주는 단심가 읊어 절개를 지켰지. 그 값은 혹독

했어. 주리 틀린 건 얼마며, 곤장을 얼마나 맞았는지 몰

라!

시조 내용 그대로 백골이 진토되어 넋이 있을 듯 없을

듯, 그런데도 한주는 태자의 정체를 발고하지 않았어.

참다못한 개백현의 태수 말하길,

"네 이년, 참말로 내숭타. 마침 초나흘이 내 생일이니, 그때도 거부하면 네년의 숨통을 끊어주마!"

이 사실을 알게 된 태자는 참담한 심정 금할 길이 없었어. 그때 태자가 자신의 마음을 시로 담은 게 있는데 한 번 들어 볼까?

아, 사랑이여. 너는 얼마나 숭고하기에
나를 이토록 감싸는 것이냐.
오, 사랑이여. 넌 얼마나 깊기에
날 이토록 빠트리는 것이냐!

어때, 솔찮혀? 태자가 지은 게 아녀. 그냥 잠깐 내가 지었어. 태자가 그때 뭘 말했는지는 전하는 바가 없어. 어찌되었든 태자의 속이 새카맣게 타들어가던 차에 내일이면 태수의 생일이라 한주를 처형한다는 소식이 전해졌지.
더는 참을 수 없었던 태자, 그렇지만 어찌할 수 없었어.
당장 군사를 일으켜 싸움 걸 수 있는 상황도 아녔지.

태자뿐 아니라 그 밑의 신하와 장수들이 전전긍긍하고
있던 차에 지혜로운 전략가이나 용맹한 장수, 을밀이라

는 '사나이'가 나선 거야. 사나이를 왜 강조했냐면 그때
처음으로 사나이라는 말이 쓰였어. 모두 안 된다, 포기하
자. 근심만 하고 있을 때에 촛불처럼 등장한 을밀.
그에게 태자가 '이 사나이를 보라!' 하는 말이 유래가 된
거지. 고구려 때에 '사나이'란 말은 직급 낮은 장교를 일
컫는 말이었지.
"을밀 사나이, 이 일을 성공하면 그대에게 큰 상을 내릴
지라."
을밀 답하길,
"태자마마! 아뢰옵기 황공하오나, 저는 안학공주를 사랑
하옵니다."
일개 하급장교가 왕족의 여인, 그것도 태자가 가장 아끼
는 누이를 감히 연모한다니, 대신들이 벌떼처럼 들고일
어나 즉시 목을 쳐야한다고 반발했지.
이에 태자는 말하길

"다른 사람들이 못한 일을 사나이가 해낼 수 있다면 그대가 고구려 제일의 용사이니, 안학공주의 짝으로 부족함이 없도다. 임무를 완수한다면 그대의 소원을 들어주겠노라."

이에 을밀은 목숨뿐 아니라 사랑까지 덤으로 걸고 적진으로 말을 달렸어. 을밀은 20여 명의 용감한 부하들과 함께 광대놀이패로 변장하여 잠입했지.

꽃의 쾌락

생일잔치에 사람 목 베는 '망나니'가 뛰놀았어. 거나하게 차려진 잔칫상 앞에서 개백현의 태수는 한주를 끌어냈어. 그는 탐욕만큼이나 집착이 심한 사내였지.

"네 이년, 수청 들라. 모든 걸 용서하고 덮겠노라!"
이에 한주는 마침내 단심가를 완성했어. 그전에는 '넋이라도 있고 없고,'에서 음냐! 정신줄 놓아 혼절하였지만 이번엔 후렴구 '님 향한 일편단심이야 가실 줄 있으랴.'를 끼워 넣으며 전대미문의 시를 완성했지.
그리곤 태수에게 일갈하길,
"강아지처럼 아녀자 뒤꽁무니나 쫓지 말고 나랏일이나 힘쓰시오."
"뭣이여?"
분을 참지 못한 태수는 망나니를 불러냈어.
"망나니야, 저 여인을 차지할 수 없다니 애석하구나!"
"네……에"
망나니는 그 말이 정확히 무슨 뜻인지 알 수 없었어. 뭘 하라는 거지? 망나니는 두어 번 눈을 끔벅거렸다니…….

한편, 광대놀이패로 가장한 을밀은 궐 문턱도 넘지 못하고 있었어. 이들의 행렬을 수상쩍게 본 감시병이 을밀과 그 부하들을 불러 세웠지.

"늬들 정말 광대 맞아?"

"그렇습네다."

을밀은 앞서 성문 통과할 때 그랬듯 쇳가루(뇌물)를 먹었어. 그렇지만 이번엔 호락호락하지 않았지.

"말투가 왜 그래? 얼굴의 칼자국은 또 뭐고?"

"저희는 증말이지 광대 맞습둥!"

"안되겠다. 멈춰서라."

어찌할 수 없이 을밀은 감시병을 처치했어. 은밀히 행했다고는 하지만 일이 삽시간에 알려지란 건 불 보듯 뻔한 일, 시간이 촉박했지.

기묘하게도 그 시각, 망나니는 장장 4시간이 넘게 푸닥거릴 한 게야.

'푸!'

술 한 모금 입에 물고 칼에 분무하듯 뿌리고,

'쨍―'

날카로운 칼날이 햇빛에 번뜩이며 그런 소리를 냈지. 한 주의 목에 칼을 들이대면 구경꾼들의 탄성소리.

'와!'

사실, 망나니는 중대한 내적갈등을 겪고 있는 중이었어. 아버지는 늘 말씀하셨지, 자고로 범 새끼와 예쁜 처자는 건드리는 것이 아니라고……

-칼 들고 춤만 추면서 위협만 하라는 뜻인가!
-뭔지 몰라도 여인이 태수가 원하는 답을 하면 좋겠구먼!

망나니 춤도 인간고뇌가 섞이니 어찌 저리 아름다운지! 아슬아슬 곡예 같기도, 예술혼이 빛나는 무용 같기도 한 망나니 춤에 홀려 사람들은 눈을 뗄 줄 몰랐어.

망나니는 입술이 퉁퉁 부어올라 더는 분무질 할 힘도 남아 있지 않았지. 만약에 망나니가 입으로 뿌린 술을 몽땅 받아마셨다면 제아무리 술고래라도 고주망태가 되었을걸! 붕어입술을 한 망나니는 기력이 다해 다리가 후들들 떨렸어.

'에라 모르겠다. 그냥 베야겠다!'

그때, 웬 스무 명의 장정들이 관중들 틈에서 뛰쳐나오는 거야. 그들은 잽싸게 태수를 인질 잡으며 소리쳤어.

"고구려 대군이 이곳에 쳐들어왔다. 모두 항복하라."

조금 정신 차려 돌아보면 사실 별것도 아닌데, 한 20명 정도가 인질극 벌이는 정도인데……. 이때, 망나니는 잘 됐구나! 싶어 고개를 납죽거리며 무릎 꿇지.

"아이고, 살려줍쇼!"

망나니 행동에 구경꾼들이 줄줄이 따라한 거야. 태수는 잡혀있지, 북소리는 사방에서 둥둥거리고……, 그들은 정 말로 고구려 군에 함락되었다 생각하여 항복을 선언한 다.

마침내, 승전보를 알리는 봉화가 불꽃놀이하듯 솟아올랐지.

태자는 뛸 듯이 기뻐 한달음에 말을 달렸어. 앞서가던 선발대에서 전갈이 내려오길……

"태자마마, 한주가 마마 뵙길 미루고 싶답니다."

만나기도 전에 이별인가, 그토록 소식이 늦어 원망이 쌓인 건가!

"안 된다. 나는 지금 그녀를 만나야 한다."

태자는 눈물을 글썽이며 말을 달렸어. 을밀 장군의 호위를 받아 입성하며 한주를 찾았지만 한주는 방에서 나오질 않는 거야.

태자는 방문 밖에 무릎 꿇고 앉아 고백했지.

"용서하시오. 나의 사랑은 변함이 없고, 그대 향한 사무침이 칼이 되어 나의 마음을 찌른다오."

눈시울을 붉히며 을밀과 그의 부하들, 그리고 지켜선 장수들 또한 태자를 따라 줄줄이 무릎 꿇었지.

이윽고, 방안에서 한주의 처연한 목소리가 들려오는데.......

"태자저하, 저 또한 저하를 향한 사랑에 변함이 없답니다."

"그렇다면 왜 이러는 것이오? 나 보기가 역겨워 떠난다면 고이 보내드리겠소."

"저하, 그런 게 아니옵니다."

"그럼 무엇이오?"

한주 답하길

"지금은 몰골이 흉하여 안정을 찾은 후에
꽃단장한 얼굴로 나의 님을 맞이하고 싶은 것이옵니다."

태자는 눈물을 이슬처럼 머금으며 답하길

"모진 고초로 그대얼굴이 반쪽 되었어도
사시사철 꽃 보듯 언제나 진심으로 아름답다 여길 것이
오."

조용히 문이 열리고 급히 서둘러 신었는지
비뚤어진 버선발부터 먼저 보이는 거야.
천천히 올려다보니 한주가 미소 짓고 있다.
그새 앙상해진 얼굴엔 비록 예전 같은 아리따움은 찾아
보기 힘들었지만 눈동자는 더 없이 진귀한 보석처럼 빛
나더라.

'한주!'

'저하!'

그녀는 그에게 와락 안기고 그는 그녀를 껴안았다.

다시없을 사랑이야기에 만백성이 울고 하늘이 진동하였지만 어떤 운명을 예감했는지 꽃보단 슬픔이 느껴진다.

이들의 꿈만 같은 사랑이야기는 역사서에 쓰여 있어.*

후에 안장왕, 태자 흥안은 그 땅을 정복한 걸 기점으로 한강 유역을 다시 회복하게 되었지. 한주를 구했다는 소식을 알린 고양시 고봉산의 봉화, 그리고 흥안태자와 한주가 처음 만난 고양시 왕봉현이 역사서에 쓰인 기록과 함께 지명으로 남아있지.

그리고 봄에 특히 그 경치가 아름다워 평양 8경의 하나로 꼽히기도 하는 '을밀대의 봄놀이'라는 평양 내성 북쪽 장대에 세워진 정자에는 을밀 장군의 공적이 실려 아직까지도 전해온다.*

태자 안장왕과 한주의 사랑이야기는 후에 춘향전으로 리메이크 되고, 정몽주가 단심가로 재창하였더라.

* 『동국여지승람』, 『삼국사기』의 '지리지' 중에서
* 신채호, 조선상고사 '해상잡록(海上雜錄)' 중 단심가의 원작자
  (출처–두산백과)
* 안장왕과 한씨 미녀
  (인물로 보는 고구려사, 도서출판 창해, 2001)

태자의 약속

조정의 반대도 있고 여러 지탄도 있었지만
대장부 흥안태자는 약속을 지켰어.
사나이 을밀과 안학공주를 맺어주었지.
인재를 편견 없이 등용하고
신분제의 폐단을 지적한 태자,
안장왕은 고구려 역사상 가장 위대한 왕이 될 뻔했어.
그가 통치한 12년 동안, 멀리 중국 땅 요서에까지
세력이 미칠 정도로 부강한 나라를 만들었다네.
다만 파격적인 그의 행보는 귀족세력의 반발을 낳았지.
후사를 이을 자식이 없었지만 본부인, 한주 말고 다른
여인을 취하지 않았다지.
세금을 균등하게 분배하고 양민을 보호하는 그의 정책에
귀족들은 불만을 쌓아갔어.
결국 귀족이 중심이 된 반대세력의 잦은 반발로 내치(內
治)가 불안한 가운데 안장왕은 시해되었다. -531년*

(*삼국사기)

춘향전 십장가 : 개백현의 태수, 한주를 겁박하는데

변사또가 은근한 말투로 청을 넣으니
춘향아, 한번 먹자.

춘향이 답하길
허튼 소리 마소. 나랏일이나 힘쓰시오.

사또, 기가 막혀 허푸허푸 하며
육시랄 년! 네 년 몸엔 금장생*을 둘렀더냐?
사령에게 명하길
매우 쳐라!

애먼 사령 답하길
에잇- 때리오.

낱 딱 붙이니 (:곤장 때리니)
겁나 아픈지라! 춘향이 이를 복복 갈며
에고, 이게 웬일이어?

또 날 딱 붙이니

이런 씨부럴놈, 씹은 아니 줄 터이오.*

(*금장생: 선녀들이 쓰는 바디로션)

(*춘향전 「십장가(十章歌)」 중에서)

달면 삼키고 쓰면 뱉는 사랑은
사랑이 아니어라

이용이지.

사랑은 그 사람으로 인해 쓰고 귀찮을 때

곁을 지키는 바보짓이어라.

성(性)을 밝히다

태초에 남녀가 나뉜 이유가 있지.
성을 포기하면 가라앉아!

그는, 혹은 그녀는 어떤 지향을 상실한 채
그저 덤덤한 존재로 잠겨버려.

무감각보다 무서운 게 있을까
어둠속에 갇힌 것처럼……

성(性), 그것은 태초의 협력
신과 인간이 합치하여 이루어낸 유일한 혜안

그리고
꽃피어난 사랑

섹스의 별

그곳엔 사시사철 성교하기에 좋은 날,
삼시세끼 밥 먹듯 섹스를 하고
밤을 하얗게 지새워 또 섹스를 하지.

지구의 성층권에 해당하는 곳엔
오르가즘이라는 구름층이 형성되어 있어
언제든 절정의 빗줄기 쏟아진다네.

그 별의 사람들은 언제든
차고 넘치게 섹스를 하고
원하지 않는 순간도 황홀경에 취해 산다지.

그 별이 어느 별?
동참을 원하는 이여,
남자의 성기처럼 생긴 우주선을 타고
여자의 성기처럼 생긴 우주정거장에 도킹하도록⋯⋯

늘어나는 망원경으로 성(性)의 별을 찾을 수 있을 거야.
섹스의 별이란 곧 지구임을 알게 될 거야!

치마 / 문정희

벌써 남자들은 그곳에
심상치 않은 것이 있음을 안다
치마 속에 확실히 무언가 있기는 있다.

가만 두면 사라지는 달을 감추고
뜨겁게 불어오는 회오리 같은 것
대리석 두 기둥으로 받쳐 든 신전에
어쩌면 신이 살고 있을지도 모른다.

그 은밀한 곳에서 일어나는
흥망의 비밀이 궁금하여
남자들은 평생 신전 주위를 맴도는 관광객이다

굳이 아니라면 신의 후손인지도 모른다.
그래서 그들은 자꾸 족보를 확인하고
후계자를 만들려고 애를 쓴다.
치마 속에 무언가 확실히 있다.

여자들이 감춘 바다가 있을지도 모른다.

참혹하게 아름다운 갯벌이 있고

꿈꾸는 조개들이 살고 있는 바다

한번 들어가면 영원히 죽는

허무한 동굴?

놀라운 것은

그 힘은 벗었을 때 더욱 눈부시다는 것이다.

(『현대문학 2007년 5월호, 『우리시』 2009. 1월호)

팬티 / 임보

-문정희의 '치마'를 읽다가

여자들의 치마 속에 감춰진
대리석 기둥의 그 은밀한 신전.
남자들은 황홀한 밀교의 광신들처럼
그 주변을 맴돌며 한평생 참배의 기회를 엿본다.

여자들이 가꾸는 풍요한 갯벌의 궁전,
그 남성 금지구역에 함부로 들어갔다가 붙들리면
옷이 다 벗겨진 채 무릎이 꿇려
천 번의 경배를 해야만 한다.

그러나 그런 곤욕이 무슨 소용이리.
때가 되면 목숨을 걸고 모천으로 기어오르는 연어들처럼
남자들도 그들이 태어났던 모천의 성지를 찾아
때가 되면 밤마다 깃발을 세우고 순교를 꿈꾸는 걸.

그러나 여자들이여, 상상해 보라.
참배객이 끊긴
닫힌 신전의 문은 얼마나 적막한가!

그 깊고도 오묘한 문을 여는
신비의 열쇠를 남자들이 지녔다는 것이
얼마나 다행스런 일인가!

보라.
그 소중한 열쇠를 혹 잃어버릴까 봐
단단히 감싸고 있는 저 탱탱한
남자들의 팬티를!

(*월간 「우리詩」 2009. 6월)

옳거니 / 정성수
　　-문정희의 치마와 임보의 팬티를 읽고

치마를 올릴 것인지? 바지를 내릴 것인지?

이것이 문제로다.

그렇다

세상의 빨랫줄에서 바람에게 부대끼며 말라가는 것 또한

삼각 아니면 사각이다.

삼각 속에는 대리석 두 기둥으로 받쳐 든 신전이 있고

사각 속에는 그 깊고도 오묘한 문을 여는 신비의 열쇠가

있다고 두 시인이 음풍농월(吟風弄月) 펼친다.

옳거니

방패 없는 창이 어디 있고

창 없는 방패가 무슨 소용이리.

치마와 바지가 만나 밤은 뜨겁고 세상은 환한 것을!

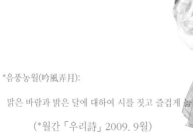

*음풍농월(吟風弄月):

맑은 바람과 밝은 달에 대하여 시를 짓고 즐겁게 놂

(*월간 「우리詩」 2009. 9월)

시인은 고독하여

-문정희의 치마와 임보의 팬티,
그리고 정성수의 옳거니 읽고

시인은 고독하여
답가가 많았으면 좋겠어요.

세상은 각박하고
사람들은 외로워서
시가 일상의 언어 되어
삶에 은유가 넘쳤으면 좋겠어요.

선비는 답가 받지 않으면 잔 들지 않았다는데
우리 삶에 넘치는 술잔이 풍지게 오갔으면 좋겠어요.

아, 치마 속에 무언가 있긴 하더군요.
첨엔 언뜻 보고 아무것도 없는 줄 알았어요.
과연 신전이란 수사가 모자라지 않더이다.
참으로 겸손하여, 태초의 비밀 다 지니고 있어도
겉으로 드러내지 않는 자태에 반했답니다.

더불어 브라 속에 숨어있는 곱고 탐스러운 돌고래는
어찌 그리 매혹적인지요.
부디, 바지 속에 있는 것이 크고 우람하다 생각하여
기고했던 지난날의 과오를 용서하소서.

회랑에 다소곳이 들어 경배하길 원하나이다.
혹시, 가인이 필요하다면 창가에 기대어
멋진 세레나데 띄우겠어요.
기사가 필요하다면 감히 신전에 들어
힘차고 야무지게 칼 한번 휘둘러보겠어요.
언제든 몸종처럼 부려주세요.
돌고래는 언제고 정성껏 돌보겠나이다.

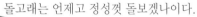

꽃이 느끼는 사랑

꽃만큼 치열한 사랑장이 있을까!
치밀한 전략으로
촘촘히 꽃가루
아찔한 아름다움으로
꽃물에 참방

그가 느끼는 사랑이 얼마나 크기에
떨면 흐드러지고
자리하면 흩뿌려져
긴 다리 흔들 듯
절정 벌린 꽃잎

사타구니 유토피아

내 몸 안의 세포가 자꾸 밑으로 이동하려는 거야.

머릿속 세포에게 물었어.

'너희들 왜 자꾸 밑으로 내려가려는 거야?'

'여기 있어봐야 골치 아파요. 저 밑에 좋은 세상이 있다고 들었어요.'

뇌세포에서 시작해 지금은 눈세포가 된 녀석이 있었어.

그 녀석도 막 짐 꾸리고 이동하려는 참이었지.

'세상 밝히 볼 수 있으면 좋지 않아?'

'좋은 것보다 나쁜 걸 더 많이 보는 것 같아요. 귀세포가 된 친구도 있는데 걔도 매일 겪는 소음에 지친데요.'

지금은 혀세포가 된 녀석에게 물었어.

'그곳이면 만족스럽지 않니? 넌 왜 움직이려는 건데?'

'맛보는 건 좋아도 쉬지 않고 말하려니 힘들어요. 저 아래 유토피아가 있다고 들었어요.'

이제는 가슴까지 내려온 녀석에게 물었어.

'대체로 만족스럽지 않니? 넌 왜 또 움직이려는 거야?'

'가끔 두근거림이 좋아요. 그렇지만 쉬지 않고 뛰려니 힘들어요.'

'그래서 어디로 가고 싶은데?'

'요 아래 유토피아가 있다 들었어요. 전 그곳에 가고 싶어요.'

이제는 배꼽에 머문 세포를 발견했어. 녀석에게 물었지.

'유토피아 찾아가니?'

'네, 전 그곳에서 살고 싶어요.'

'거기가 어딘데?'

'사타구니 유토피아! 그곳에 가면 황홀경에 취해 산데요.'

'유감인 걸, 거기 있던 애들은 지금 다른 곳으로 움직이는 중이야.'

'네? 매일 황홀경에 취해 살 수 있는데, 그런 세상을 왜 마다한데요?'

'직접 들어보겠니?'

마침 바로 그 언저리에서 어딘가로 꼬물거리며 움직이는 세포 하나가 있었지. 그는 자신을 이렇게 소개했어.

'안녕, 난 사타구니 유토피아의 원주민이야.'

그리곤 그는 팔과 다리 찾아 이동한다고 말했어. 배꼽세

포는 물론이고 나조차도 깜짝 놀랐지.

'거긴 쉼 없이 일만 하는 데야. 그곳엔 왜 가려고?'

그는 답했어. 마치 제가 주인인양 호통 치며……

"이곳에선 딸딸이 밖에 더 하겠냐!"

매미의 꿈

고목나무에 매달려 수액 빠는 매미처럼
네게 매달려 정기를 빨아먹는다.
'매맴 이 기분'
한철 뛰는 메뚜긴 되고 싶지 않아.
'매엠 안돼야!'
계절은 가고 꽃은 지겠지.
'매매맴 뻑구!'
오직 이 순간……
'매에맴 뻑뻑!'
혼신을 다해 빨아먹겠어.
'매에매맴 쐬액……'
계절은 가고 꽃은 피겠지.

애교

내 팬티 안에서 벌어지는 살가운 몸짓만이 애교다.

팬티 밖에서 일어나는 애정표현은 마냥 귀찮다.

달고나 향기

향기 같기도
달콤한 꿀 같기도
네게서 달고나 냄새가 났다.

너의 향내 잡아
입안에 우물거리면
그 달고도 아득한 설탕, 이빨로 으깨면……

꽃의 쾌락

입술

촉촉이 젖어
붉은 기운

오물거리며
물질을 씹고

귓가에
잦아드는 목소리

그러다
은밀하게 드러낸 새하얀 치아

한껏 씹고
흠뻑 젖어
끊임없이 물질을 요구하는 붉디붉은 기운

연인서약

연애가 결혼을 만나면 어깨가 무거워져요.
속속들이 숨어있던 먼지와 때가 연인을 표적으로
내려앉지요.

그냥 사랑하세요. 그저 좋아라! 붙어 다니세요.
사랑도 통제하려는 사회제도의 속내에 물들지 마세라.

사랑도 프로가 되나요?
순수하게 좋아하고 순결하게 바라보세라.
나의 연인을 언제고 아마추어로 품으세라.

그래도 사랑의 서약을 받아야겠다면
그녀의 자궁에 키스하세요. 사랑하는 이의 가슴에 안겨
요.
내일의 결혼서약에 사인을 하느니
오늘밤 이 밤이 다가기 전에 뜨겁게 사랑하세라.

연인에겐 마치 내일이 없는 것처럼······

피임

성적유희를 위해 맹목적인 나들이에 나선
젊은 연인들이여.
하룻밤 열정이 가져온 일로 두 가지 굴레에
빠져들 수 있세라.
일생을 한탄하며 힘겨운 인생을 살던지,
죄책감을 떠안고 평생을 따갑게 살던지.
두 가지 굴레 중 하나라도 빠져들기 싫으면
사랑도 방비하세라.

야반도주

야반도주해서 좋을 거 하나 없다.

백이면 백, 모두 불행하다.

사랑의 열정이 불러온 결과는 참혹하다.

도망가서 뭐 해 먹고 살래?

사랑하는 사람 지켜줄 수 있기나 하냐?

도주한 연인들, 역사상 어느 누구도 행복한 적 없다.

사랑하고픈 사람, 그냥 지켜봐도 좋다.

그 사람 행복할 수 있게

맘속으로 응원하며 눈에 띄지 않게 위해주는 게 좋다.

언젠가 만날 그 사람, 그땐 넉넉히 지켜줄 수 있도록

힘 기르는 게 좋다.

그래도 사랑이 차고 넘쳐

어찌할 수 없다면 야반도주를 추천한다.

다시 남자를 위하여 / 문정희

요새는 왜 사나이를 만나기가 힘들지
싱싱하게 몸부림치는
가물치처럼 온몸을 던져오는
거대한 파도를…
몰래 숨어 해치우는
누우렇고 나약한 잡것들뿐
눈에 띌까, 어슬렁거리는 초라한 잡종들뿐
눈부신 야생마는 만나기가 어렵지
여권 운동가들이 저지른 일 중에
가장 큰 실수는
바로 세상에서
멋진 잡놈들을 추방해 버린 것은 아닐까
핑계 대기 쉬운 말로 산업사회 탓인가
그들의 빛나는 이빨을 뽑아내고
그들의 거친 머리칼을 솎아내고
그들의 발에 제지의 쇠고리를
채워버린 것은 누구일까
그건 너무 슬픈 일이야

여자들은 누구나 마음 속 깊이

야성의 사나이를 만나고 싶어 하는 걸

갈증처럼 바람둥이에게 휘말려

한평생을 던져버리고 싶은 걸

안토니우스, 시저 그리고

안록산에게 무너진 현종을 봐

그뿐인가, 나폴레옹 너는 뭐며 심지어

돈주앙, 변학도, 그 끝없는 식욕을

여자들이 얼마나 사랑한다는 걸 알고 있어?

그런데 어찌된 일이야. 요새는

비겁하게 치마 속으로 손을 들이미는

때 묻고 약아빠진 졸개들은 많은데

불꽃을 찾아온 사막을 헤매이며

검은 눈썹을 태우는

진짜 멋지고 당당한 잡놈은

멸종 위기네

꽃의 쾌락

다시 여자를 위하여

　　　　　　　－ 문정희, '다시 남자를 위하여' 읽고

슬픔의 별에 태어나

목마른 가슴 안고

외롭고 헐벗은 승냥이처럼

이따금

가슴이 두근거리지만

여자는 말이 없다.

총 맞은 여자

그녀는 남자의 총을 맞았지.
남자는 총 쏘고 아무 일 없다는 듯
아, 그녀는 남자의 총알을 받았다네.

원래 여자의 사랑은 대지보다 넓고
심해보다 깊고 우주보다 컸다네!

총만 쏘고 달아나는 남자 탓에
마치 여자는 사냥터에 남겨진
포획물인 것처럼
그 사랑의 깊이나 질로 따지면
여신으로 대우받아도 부족하건만……

여인이여, 다시 신으로 복귀하소서.
경쟁과 전쟁, 비극으로 얼룩진 지상에
당신 품은 그 사랑의 깊이로 다시 채워주길……

자본주의 시대에 불가능해진 것

모든 걸 주어도 아깝지 않은 사람을 만난다는 거

꽃의 쾌락

엘리제를 위하여

다가오지 못해 아쉬웠죠?
나도 그랬어요.
다가서기 힘들었죠?
나도 그랬어요.

그건 첫사랑, 아마도 당신 위한 마음일 거예요.
당신을 위해 준비한 많은 것 중에
순결은 준비하지 못했어요.
어느 낯선 이에게 빼앗기고 말았어요.

모진 운명을 탓해 주세요. 내가 그랬던 것처럼……,
나는 차마 그러지 못했지만 나의 편에 서주세요.
진실과 사랑 중에 하나를 택하라면
언제고 사랑을 택할 거예요.
당신 향한 나의 마음은 사랑이어요.
당신 향한 나의 사랑은 진실이어요.

수선화

못 속에 비친 얼굴이 아름다워,
미학적 환상이 거울처럼 빛난다.

「사랑 같은 건 하지 않겠다.」
고결한 자존심, 강보에 싸인 연약한 감수성.
탐닉에 젖은 짙은 눈 그림자.

「널 사랑하겠어!」
작은 칭찬에 크게 감동하고
작은 배려에 멋대로 사랑에 빠지고
어떤 균형을 상실한 채,
사랑에 빠진 수선화

꽃이 피고 지듯이*

이 바람 흩어지기 전에 꽃잎 한번 만져주오.
우린 서로 그리워하면서도
닿을 수 없어.

외로운 새벽별
그대 떨군 사랑 안고
가슴 안에 차오르는 꽃씨별

행여 당신 마음 한 켠에 내 체온 남아 있다면
이 바람 흩어지기 전에 꽃잎 한번 안아주오.

(* 영화 「사도」 OST, '꽃이 피고 지듯이' 윤색)

선착장의 은밀한 신호

남자의 배 위에
여인의 바다가 내려앉는다.

둘만의 은밀한 대화가 통하려면
돛이 바람 타야하는데

소리 없이 진행된 선착장의 비밀신호는
신음 외에
별다른 언어를 남기지 않는다.

하얀 물결
물보라처럼 일렁이고

배는 어느새 항구에
다다라
굳은 언약의 닻을 뿌린다.

꽃의 쾌락

돌고래를 찾아서

네가 몸을 움직일 때에
연분홍 꽃잎 위에
돌고래 꼬리모양 같은 너의 음모를 발견했다.

아, 나는 감당 못할 망망대해에 빠져
어찌할 바를 모르고
그때, 바다물결 가르듯
세차게 헤엄치는 너의 돌고래

꼬리 내밀어 그가 건져주면
등에 올라타 맞이한다.
돌고래가 쏘아올린 절정의 헹가래

언제나 추억하길
바다물결 헤치며
리드미컬하게 움직이던 너의 돌고래

섹슈얼패스인가, 헌신적 순정인가?

내가 당신 애무하길 좋아하듯이
당신도 나 빨기 사랑하면 좋으련만
내가 당신 나신 탐색하길 좋아하듯이
당신도 내 몸 샅샅이 탐험하면 좋으련만…….

나에겐 털이 없어.
거추장스러운 뱃살이나 튼 살도 없지.
그대가 날 사랑하라고 소년의 몸을 입었다오.

아, 그렇지만 그대는 날 거들떠보지 않네.
다비드의 형상을 지녔건만
'완벽한 아름다움쯤이야!'
신의 혜택을 입은 당신에겐 평범할 뿐

그대가 바라보고 사랑하는 건 다른 것이기에
나는 할 말 잃고,
최선을 다한 나는 그만 토라져
당신 잠든 침대에 꿇어 앉아있어.

밤이여, 최선을 다해다오.
몇날 며칠 뜬눈으로 지새우며 공허하게
이 시간을 놓쳤는지 몰라.

신(神)은 그녀 편이기에
난 감히 신을 부를 수 없어.

밤이여, 어둠이여, 암흑이여!
흑암의 화신이 되어서라도
그녀의 무릎에 파고들고 싶어.

사랑스런 그녀의 배에 나의 물결 실어
세상 끝날 때까지
오직 사랑하고 싶어.

은밀한 존재

우리 만나
교감 나눌 때마다
넌 어디 있는 누굴까!

너와 나 만나
꺼림칙한 체액마저 나누며
살 섞음은
불식간에 나뉜 존재, 일체되기 위한 행위인데……

우리 만나
살 섞을 때마다
넌 어디 있는 누구일까!

프러포즈, 이 시를 적어 보내

소중하다면 표현해야지.
많은 의미를 놓칠 순 없잖아
이제 그만 바라봐!

내가 네게 어떤 의미라면 말해줘.
그 느낌 그대로 전해줘
한 마디 말로 감정 전할 순 없겠지만
단지 '좋아해' 만으로 충분할 거야.

소중하다면 표현해.
그리움이 차고 넘쳐 말하겠지.
「너 때문에 몽정한다고……」

나비처럼 날아 벌처럼 쏘다

얌전히 일하는 꿀벌더러
나직이 속삭이길
「꽃잎에 힘껏 꽂아 넣으세라!」

우아하게 하늘거리다
꽃 보면
맹렬하게 파고드는
나비 주둥이처럼

흐드러지게
벌어진 꽃잎,
그 중심에……

널 터트린다

대청 같은 너의 골반
마당 같은 너의 엉덩이
산 같은 유방

터트리리라.
맘껏 탐한 아리따움

드넓은 대지
깊고 깊은 곡지
연분홍 초원 위

네 안에 나의 속
싱싱한 꽃잎
쏟아 부으리라.

꽃보다 순정

꽃 같은 아름다움보다
너의 순정이 좋아.

꽃 같은 자태를 흔들며 지나가는 여인들,
제아무리 많아도
너만 하려고……,

그래도
가끔은 네게서 꽃을 발견하고 싶다.

단 한번의 황홀한 섹스

황홀한 섹스의 기억 안고
평생 우려내어
아무 일 없는 것처럼……

인간의 감각이 어지럽다.
왜 또 안고 싶은지……

신은 되감기 능력 있는 걸 거야.
단 한번 경험한 황홀경,
생생하게 되살려
언제든 도취에 빠져들 수 있는 거야.

자아도취, 신(神)적 능력

연초사랑

연초에 사랑을 타서 태워줘요.
아늑함이 뺨에 와 닿아.

잠결에 사랑한다! 속삭여줘요.
꿈결에 나의 이름 잊을 테니

애무해 주세요.
이 험한 세상 살아가는 동안

연초에 사랑 타서 태워줘요.
고즈넉한 아늑함이 내 맘에 와 닿아.

뭔 말인지 몰라?
힘든 생활에 지쳤어.
향기 나는 연기와 같이 은은하고 자상하게
그렇다고 연기처럼 사라지진 마.

질릴 때까지 내 곁에 있어!
물릴 때까지 내 살 태우며……

격정의 잔주름

줄기차게 움직이는 그녀의 등줄기에 땀이 맺혔다.
달맞이하는 아가씨처럼
고운 아미에 불길처럼 번지는 잔주름

난폭하게 움직이는 그녀의 허벅지에 동화되어
나의 하반신이 떨린다.
오, 끝을 알리는 절정이라면 맺고 싶지 않아.
등허리에 격렬한 움직임 이대로 좋아.

이 순간 이대로
줄기찬 움직임과
맞이하러 한껏 벌어진 너

이 느낌 이대로
너와 내가 고대했던 사랑의 순간,
덧없는 환희와 함께 끝내고 싶지 않아.

꽃의 쾌락

황금비가 그녀에게

흠집 하나 없는 그녀의 몸에
깊은 골을 만들고
내 생애 찬란한 금자탑 들어
그녀를 황홀하게

나는 황금비 같은 존재였지만
그녀가 눈에 들어온다.

한밤중 번개처럼 강렬하게
떨어지는 섬광처럼 화려하게

몽땅 채운 나는
흩어지는 바람 같이 사라지면 좋겠지만

이제부턴 구심점 마련하고 모여든다.
그녀가 내 인생의 전부임을 깨달았기에……

ii 꽃이 맺은 사랑

절정에 젖다

살굿빛 얼굴로
서로를 바라보며
연인은 이것이
찰나의 순간이 아니란 걸 알았다.

관계의 이면에
새겨질 어떤 예감을 받아들이면서
둘은 맞닿아
서로의 움직임을 맞이하며

이것이 찰나의 쾌락이 아닌
둘만을 위한 존재의 나무에
이름을 새기는 거라 여기며
점차 절정을 향해 치닫는다.

그녀의 이맛살

그녀의 이마에
거친 주름 하나둘 쌓여갈 때
그녀를 위한 사랑이
하나둘 쌓여감이 느껴진다.

움직임을 더할수록
겹겹이 쌓이는 깊은 주름

하나는 둘을 위한 만남이요,
둘은 셋을 위한 동반자의 바람이요,
셋은 희락을 위해 떠나는 탐구자의 정신을 새긴 것인데
나는 좀처럼 셋을 새기지 못한다.

그럼에도 궁극의 절정을 선보이는 그녀,
궁금하여 물었더니
'아!'
오직 아스라한 신음소리 뿐······

현상계에 존재하는 '나'라는 인간의 고뇌

아름다운 아내를 맞이했어도
농염한 내연녀와 밀애하여도
나의 마음은 채워지지 않는다.

진귀한 것을 보아도
지적인 정신영역의 경지에 들어도
뒤돌아 기억하지 못한다.

나의 고뇌는
나의 존재는
왜 항상 밑바닥일까!

인간이 욕망에 눈머는 까닭

자아의 밑천, 그 깊숙한 바닥에서 몸부림치는 존재를
조금이라도 채우고 싶어서…….

태초의 결혼

그땐 참 좋았지
태초는 즐거웠다.

멋대로 사랑하고
눈 맞으면 섹스하고
어느 숲속에 들어
야릇한 신음소리……

오죽하면 산새 지저귀는 소리보다
남녀들의 교합소리가 울창했을까!

태초에 남자는 나그네 방랑자
태초에 여자는 정복자 여제

힘없는 나그네의 눈빛
여왕은 촛불을 밝히고
다정한 방랑자의 눈빛이 반짝이며
여제의 고적한 방에 녹아내리는 촛농

남자는 아름다움으로 치장하고
여자는 힘과 권력을 덧입어
세상은 자애로운 여제의 품만큼이나 다사롭던 시기

그땐 참 좋았다.
태초는 살만한 데였지.

멋대로 사랑하고
맘 맞으면 은애하고
맑고 고요한 밤
찬란하게 빛나던 촛불 참 다정하였지.

여보, 서재

여보, 볕 잘 드는 방에 서재 하나 딸려줘요.
나무가 보이는 창에 기대어 책 읽고 싶어.
파라솔 드리운 의자에 앉아 차 마시고 싶어.

그토록 성공을 쫓아 살아왔지만
정작 이뤄 논 것이 없어.
그토록 감각을 쫓아 살아왔지만
모두 다 잊혔어.
황홀한 섹스의 기억도, 험난했던 출산의 기억도
떠나가는 벗도, 출세를 지향하며 이른 시기 움직이던
철새들…….

여보, 서재 갖고 싶어. 나만의 공간 갖고 싶어.
여보, 서재 마련해 줘요. 나의 공간 찾고 싶어.

쓴맛, 괴로움

어릴 적 혀의 미각 공부할 때에 단맛, 신맛, 짠맛,
그리고 혀의 뿌리부위 쓴맛
어린 마음에 맛과 인생에 단 거만 가득하길…….

그러다 세월 흘러 음식이 조금이라도 달면 삼키질 못한다.
바삭한 과자를 좋아하지만 달아서 못 먹고
좋아하던 감미주도 마시질 못한다.
차라리 쓴 게 맛있다.
혀의 근간을 차지하는 쓴맛을 즐기게 되다니……
맛에 관해선 어른이 되었다!

인생의 맛 깨우칠 때도 기쁨, 슬픔, 분노,
그리고 인생뿌리에 괴로움
삶봉오리 기쁨 위주로, 인생밑천엔 진통제를!

인생을 바라볼 때엔 결코 어른이 되지 못한다.

본성

웃어라. 웃음은 인간의 본성이다.
사랑하라. 인간의 본질이다.
쾌락하라. 행위의 근본이다.

쾌락을 위한 행위,
사랑에 의한 삶이 아니라면
마지못해 살고 있는 거다.

사랑 없는 결혼생활

결투를 신청하노라.
사랑 없는 결혼엔…….

전쟁 피해
이 결혼을 택하였지만
심장에 공급되지 않는 사랑

나는 무언가에 쫓겨
운명이라 생각하여

예초에 열정은 꿈결같이
사랑은 물거품처럼……

숨 쉬지 못한
낭만은 밤을 방황하고
숙명이라면 벗어나고픈 마음만

오랜 시간 굴레 속에
내가 내게 더한 모독

승냥이처럼 떠돌아도
애정 없는 결혼전선에 당당히 결투를!

칼끝이 심장을 스치고
총탄이 폐부를 꿰뚫어도
생생한 사랑의 물결, 그 철없는 불꽃에…….

행복과 무관하게 완벽한 하루

월급 탄 다음날, 기분 좋게 잠에서 깨어
유러피안 스타일로 아침식사하고
아내와 오랜만의 외출
서점에 들러 책 읽고, 백화점에 들러 쇼핑하고
커피를 마시며 가벼우면서도 진지한 대화
저녁은 와인을 곁들인 이태리 음식
참 뿌듯하지! 쇼핑할 때의 반짝이는 눈빛,
눈앞에서 오물거리는 아내의 입술

참 완벽한 하루를 보냈구나!
혹시 나는 내일 죽게 되는 건 아닐까?

Sex is sports

누군가 그랬다.

섹스는 어떤 장비도 필요치 않는

국민 스포츠라고!

사랑의 행위라 끝끝내 고집했지만

'단지 스포츠'라던 그의 말에 동감 못하는 건 아니다.

이상적인 파트너가 나타나

「같이 운동할까요?」

말붙여주면 참 환상적이겠다.

탐미탐야(耽美耽夜)

색에 빠져
미를 탐한다.

색이 최고인줄 알았더니
간혹 술이 색을 이길 때가 있다.

술에 취해
밤에 빠진다.

혼술(Soul-Drink)

그다지 기분 나쁘지 않은 아침을 맞이해도
그다지 마음 상하지 않은 오후를 보내도
왜 사는가! 싶다.

해가 저물며 도시의 밤은 혼잡하다.
술병을 따며 알았다.
잔을 기울이며
나는 살아 있구나!

다른 무엇도 아닌
술잔이 나의 생존을 확인시켜 줄진 몰랐다.

술로 행복하긴 싫은데

술로 행복해지고 싶진 않다.

술이 유일한 탈출구이고 싶지 않다.

술로 빚은 행복이라면 사양하고 싶다.

손이 술잔으로 향한다.

주사(酒邪)

나의 주사는 섹스다.

술만 취하면 그토록 여인의 품을 찾는다.

나의 주사는 섹스가 아닐 수도 있다.

그 풍만한 품 찾아 개 짖는다.

그 따뜻한 온기 찾아 온밤 헤맨다.

레스보스 섬(Lesbos Island)

그리스 남동쪽 에게해 북동부의 섬,
여류시인 사포가 남편과 사별 후
어린 소녀들을 한데 모아
시도 가르치고 음악도 즐기며
미소녀의 섬으로 만들었지.

소녀들은 성장하여 숙녀가 되었지만
어울리거나 어울릴만한 남자가 없어.

아름다운 소녀들은 섬의 이름으로 성정체성을 삼고,
섬의 숙명 따라 사랑을 하지.

레즈비언(lesbian)
운명 따라 받든 사랑,
레즈비언(lesbian)
예술적 소양으로
부드럽고 자유롭게

레스보스, 그 섬에 가보고 싶다!

두 개의 정원

내게는 상상 속 두 개의 정원이 있다.
하나는 멀리 산등성이가 보이는
수풀과 꽃에 감싸인 자연정원

풍류가 넘치는 사랑방
아리따운 여인들이 숨어있는 비밀정원

비파와 해금 뜯는 기녀가 보이고
간드러진 춤사위 선보이는 무희,
잔 따르며 정 주는 기생

자연정원에 거하며 안식을 얻고
비밀정원에 거하며
놀랍도록 자릿한 상상에 빠지곤 한다.

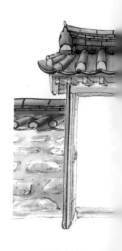

비밀정원

비밀정원 사랑방에
얼마나 있었는지 몰라.
잠깐 바람 쐴 겸
돌아본 자연정원은
그야말로 태초의 자연처럼 무성하다!

길게 늘어트린 화초 잎을 바라보며
이렇듯 혼자서 사색하는 시간도 참 좋다.

그때, 시종으로 부리는 아이가 다가와 말하길
비밀정원 안채에 시 짓고 노래하는 가인(歌人)과
세상얘기 재미나게 풀어주는 담인(談人)이 새로 왔어요.
-그래?
언제 또 자연정원에 걸음하려나!

섹시 여신

여신과 같은 여인을 보았지.

갈색눈동자에 짙은 눈썹,

기다랗고 두둑한 콧망울

사분한 원피스에 드러난 육감적 자태.

마치 야생마가 도심 속에 뛰어든 것 같았어.

그녀를 감상하는 것만으로 엑스터시에 빠져들 것 같았

지.

아내가 옆에 있는데도 눈을 뗄 수 없었어.

"너 어디 보는 거야?"

"으……응, 뭐?"

"야동을 봐! 이 삼시세끼야."

토라진 아내의 뒷모습이 귀여운 것 있지.

어쩔 수 없이 아내의 뒤를 따르며,

안녕! 아름다운 여신……

.

.

.

나중에 또 봐!

흔들어! 엉덩이

날 환영한다는 의미로
네가 엉덩이 흔들어 춤추면 좋겠다.

사랑스런 엉덩이
축제의 삼바처럼
우아한 골반
공작새 날개처럼……

꽃의 쾌락

내연녀와 헤어졌다

회식자리, 진실을 두고 게임하자네.
술 한 잔에 쏟아져 나오는 이도저도 아닌 진실들,
너저분한 진실보다 멋진 거짓이 낫겠다는 생각을
첨으로 했다.

술잔과 함께 강요된 진실
궁리하다 순간 번뜩인 말
'최근에 내연녀와 헤어졌어요.'
그렇게 저돌적으로 빛나는 인간의 눈빛을 처음으로 봤다.

진실에 목마른 현대인들
일탈에 목마른 직장인들
다들 하고 싶구나? 은밀한 사랑……

열매 맺은 사랑, 결혼을 위하여

속속들이 결혼의 실체,
사랑의 완성이기보다 제도권의 사슬이라는 편이 어울릴 거야.
결혼에 발 들여놓는 이상,
자본주의의 노예가 되는 것을 피할 수 없지.
처음엔 아무것도 몰라.
마냥 좋기만 하지.
그 사람에 반해 아침은 싱그럽고
그 사람에 취해 저녁은 황홀하지,
밤이 되어 어딘가에서 방황할 필요 없이
손잡고 같은 집으로 들어가는 것만 해도 커다란 감동이야.

그러다 서서히 생계와 함께 시작되는 불안
그러다 서서히 2세 계획과 함께 시작되는 긴장감
때때로 그 사람 아닌, 그의 가족과 결혼했나!
생각들 때도 많아.

한 3년쯤 지나 눈 뜨면
더 이상 내가 느껴지지 않아.

그토록 사랑하여 결심했던 그 사람도
스쳐 지나가는 낯선 이처럼 아침인사 하곤 사라지지.
한 5년쯤 지나 눈 뜨면
빚 놀음하는 자본주의가 나의 결혼생활을
지배하고 있었구나! 실감하게 된다.

그토록 열심히 일했건만 집 장만은 여전히 꿈도 못 꾸고
피나게 노력했건만 마치 물위에 표류하는 조각배처럼
풍랑이라도 거세지면 어쩌나! 전전긍긍하고 있지.

결혼은 거짓말 위에 지어진 성이야.
쉽게 허물어지는 모래성이냐,
보존 될 가치 있는 신전이 될 것이냐를 결정짓는 것은
두 사람의 사랑이나 믿음이 아닌
금전에 있다는
씁쓸하다 못해
좆 같은 진실

연인과 친구의 중간사이

언제든 마음속에 널 떠올려.
원하는 모든 것이 하나가 되어 널 원했지.
인연은 닿지 않았어. 입맞춤도 하지 못한 그대
그 후로 나는 많은 사랑을 했어.

너만큼 설레고
너 이상으로 가슴 두근거렸던
아름다운 여인들

지금의 아내를 만나 가정을 꾸리고 세월은 흘렀지만
여전히 널 떠올려.
'잘 살고 있을까!'
'행복할까?'

행여나 녹록치 않게 살고 있다면 마음으로라도 위해주게.
너와의 인연, 생각해본 적 없지만
너의 잔상, 무시할 수 없어.

사랑했기 때문에…….

사랑이 필요하여

넌 날 이용한적 있나?
너의 유익 위하여 나를 쓰지 않았다면
섭섭할 것 같다.

지금, 나를 이용하고 있는가?
네 쓰임새를 위하여 필요한 사람이고 싶다.

이용한 만큼 사랑 주면 좋겠지만
실컷 이용만 해도 나쁠 것 같진 않다.

어떤 사랑이든 환영받아 마땅하다

나르시스처럼 빠져죽어도 괜찮다.

지독한 자기애라도

어찌되었든 사랑하다 죽은 거니까

깊고 진한 사랑 원하지만

짧은 만남 긴 외로움 줘도 괜찮다.

짧은 인생 긴 사랑의 울림 주었으니까……

꽃의 쾌락

벗꽃나래

소녀는 줄곧 환희에 차 있었다. 달빛이 벗꽃에 투영되어 맑고 찬 기운이 느껴진다. 가지런한 바람에도 벗꽃잎이 폭죽처럼 휘날린다. 소녀는 생각했다.

'봄바람은 혼자 맞아도 괜찮아. 가을바람은 벗들과 무리 지어 맞아도 외롭지!'

쌓인 눈처럼 땅에 벗꽃이 수북하다. 벗꽃 휘날리는 밤이면 가을에나 불법한 스산한 바람이 분다.

세상의 모든 꽃

왜 꽃이 질 땐, 피어날 때만큼 아름답지 않을까!
황혼에 물든 태양, 다 이룬 꿈처럼
아마 꽃은 마지막이라 그럴 거야.

눈밭 위를 걷는 것과는 다르게 꽃잎을 밟을 때면 아스라한 슬픔이 느껴진다. 소녀는 벗꽃잎 하나를 주웠다. 약지 손가락 손톱 같다.

'어느 누가 흘렸을까, 꽃잎 같은 눈물!'

꽃잎은 눈처럼 뭉쳐지지 않는다. 벚꽃은 누군가의 손길이 필요한 것처럼 흩어졌다. 기억되길 벚꽃의 피날레는 호화로운 작별이라고……

소녀는 약지손가락 손톱 같은 벚꽃잎을 먹었다. 도시의 기운이 그새 그 작은 꽃잎에 스며들어 쌉싸름하다.

발밑에 꽃잎들이 성가시다는 듯이 야광 윗옷을 번쩍거리며 거리의 청소부가 나타났다. 휘날리는 벚꽃 맞으며 환희에 찬 기억은 이내 사라지고 소녀는 깊은 상실감을 느꼈다.

'왜, 꽃은 순간일까!'

소녀는 집에 돌아와 잠자리에 들었다. 잠을 청하면 또 어떤 꿈을 꾸게 될까! 소원하진 않았지만 소녀는 꿈을 맞았다. 꿈속에 어느 누가 말했다.

"지난날 떨어진 꽃 보며 무슨 생각했느냐?"

그는 중후한 목소리로 물었다. 소녀는 잠시 생각했다. 잠시 생각했다 해서 줄곧 변함없이 품어온 그녀의 생각에 흔들림이 있었던 건 아니다.

"꽃잎을 뭉쳐 날개를 만들면 좋겠다고 생각했어요."

그는 아무 말 없이 사라졌다. 어느 깊숙한 독방에 갇힌 것처럼 정적만이 가득하다. 소녀는 숙연한 채 가만있었다. 그가 다시 나타났을 때는 시간이 훌쩍 지난 시기였다.

"네게 날개를 달아 주마!"

그에게서 그런 말이 나오리라곤 예상하지 못했다. 소녀는 의심의 눈초리로 그를 쏘아보았다.

"날 알아요?"

그는 아무 말 없이 사라졌다. 그가 또 다시 나타났을 때는 까마득한 날에 태초의 생명이 지상에 발 디딘 시간과 맞먹은 시기였다.

소녀는 신기하기만 하다. 꿈속에선 억겁의 세월이 가는 것이 느껴진다. 상냥하게 느껴지는 발자국소리가 멈추고 웬일인지 그는 소년의 모습으로 변해 있었다. 그가 소년이 되기까지 어떤 일이 있었는지 모른다. 다만 맑고 아름다운 눈동자로 또다시 날개를 달아주겠다고 말했다.

 소녀는 경계를 풀지 않았다.

'비극은 달콤한 유혹 뒤에 도사리고 있는 법이니까!'

소녀의 비상한 눈빛에는 관심 없다는 듯 이제 소년의 모습을 한 그는 어디선가 꽃망울을 들어 올렸다.

"떨어진 꽃잎들을 뭉쳐 날개를 만들고 싶다고 했지?"

소녀는 눈을 깜빡였다. 그는 말했다.

"나래 펴면 무엇이든 느낄 수 있다."

"느낌 후에는 뭐가 남니?"

"세상을 알 수 있지."

"(세상 알면) 뭐가 좋은데?"

"어디든 갈 수 있어."

소녀는 그 어떤 말보다 그 말이 좋았다.

"나 가고자 하는 곳은 사랑이야. 그곳에도 갈 수 있어?"

소년은 답한다.

"충분히 느끼고 충분히 알게 된다면 결국 그곳에 도달할 수 있을 거야."

소녀는 망설임 없이 말했다.

"내 어깨에 꽃잎나래 달아줘."

소녀는 그에게 등을 내밀었다. 마치 벚꽃잎을 입에 넣었을 때처럼 싸늘한 미감이 몸에 번진다. 소녀는 꽃잎나래 달고 밤하늘을 유영했다.

어디선가 휘파람소리가 들렸다. 구름을 헤치며 소년이 나타났다. 날개에서 광채가 쏟아지며 밤별과 맞닿아 푸른 전등이 사방에서 비추는 것처럼 맑고 화사하다. 소녀는 휘파람소리와 함께 태초에 잊고 있던 노래를 기억해 냈다.

오늘 지는 꽃은 내일이면 볼 수 없지.
꽃에겐 내일이 없어.
꽃 피운 동안 노래하리.
꽃의 나래 펴고 맘껏 사랑하리!

꽃씨

꽃은 떨어지고 씨를 맺어요.
씨앗 품은 열매가 생명 퍼트리죠.
꽃은 아름다움을 다한 거예요.

사람보다 꽃이 되어라

푸른 이파리

강보에 싸여

그 아름답고

슬픈 보자기

거친 물살에

떠내려가는

청춘과 함께

쏟아지는 햇살

가슴으로 들어오는 바람

사람보다 좋은 꽃

사랑, 믿지 마!

세상에 아름다운 유일한 것이 사랑인줄 알았어.
다른 건 몰라도 사랑만은 변하지 않을 거라 믿었어.

사랑을 벗을 때야! 그것을 지워버릴 때야.
사랑이야말로 그 어떤 대상보다 초월해야 할 목적인 걸

네가 믿었던 신앙까지도
네가 꿈꿨던 신념까지도⋯⋯
사랑이란 탈을 쓰고 거짓을 꾸미지.

자기연민이란 쳇바퀴, 진정성의 탈을 쓴 가짜,
그리고 변명대기 바쁜 자기합리화.
사랑만큼 비판적인 시각이 필요한 것도 없어.

때론 파렴치한 위선과 편견마저 사랑의 탈을 쓰고
네 영혼을 현혹하지.

사랑, 사색한 자의 열망이 통찰로 빚지 못해
빛으로 내지 못한 깊은 탄식

꽃으로

꽃으로 태어나
얼굴에 꽃가루 분 바르고
찬란한 햇빛 맞아 유여하게

낮이면 꿀벌과 나비 따라
밤이면 산들거리는 바람의 노랫소리

혹여 폭풍 불어
나의 꽃잎 떨어트려도
아, 나는 꽃이어라.
젊은 날 아름답게 빛나던 꽃이었더라!

–Ending